열두 개의 달 시화집 플러스 四月

산에는 꽃이 피네

■일러두기
시인 고유의 필치(筆致)를 살리기 위해 표기와 맞춤법은 되도록 초판본을 따랐습니다.

산에는 꽃이 피네

열두 개의 달 시화집 플러스 四月.

윤동주 외 지음 파울 클레 그림

PAUL KLEE

저녁달

차례

一日。 하이쿠 _아리와라노 나리히라

二日。 청양사 _장정심

三日。 끝없는 강물이 흐르네 _김영랑

四日。 산유화 _김소월

五日。 사랑의 전당(殿堂) _윤동주

六日。 돌담에 속삭이는 햇발 _김영랑

七日。 산골물 _윤동주

八日。 꿈밭에 봄 마음 _김영랑

九日。 하이쿠 _고바야시 잇사

十日。 그 노래 _장정심

十一日。 하이쿠 _가가노 지요니

十二日。 돌팔매 _오일도

十三日。 공상 _윤동주

十四日。 봄은 간다 _김억

十五日。 하이쿠 _다카이 기토

十六日。　양지쪽 _윤동주

十七日。　고양이의 꿈 _이장희

十八日。　울적 _윤동주

十九日。　해바라기씨 _정지용

二十日。　위로(慰勞) _윤동주

二十一日。　오줌싸개 지도 _윤동주

二十二日。　애기의 새벽 _윤동주

二十三日。　형제(兄弟)별 _방정환

二十四日。　도요새 _오일도

二十五日。　하이쿠 _마쓰오 바쇼

二十六日。　꽃이 먼저 알아 _한용운

二十七日。　봄 2 _윤동주

二十八日。　새 봄 _조명희

二十九日。　달밤 _윤곤강

三十日。　저녁 _이장희

4월의 화가와 시인 이야기　101

벚꽃잎이여
하늘도 흐려지게
흩날려 다오
늙음이 찾아오는
길 잃어버리게

桜花散り曇れ老いらくの
来むといふなる道まがふがに

아리와라노 나리히라

청양사

장정심

옛 정이 그립다고
절간을 찾아오니
불빛에 향기 쌓여
바람도 맑을시고
봄곡조 음을 맞혀
웃음 섞여 노래했소

1.39 CD 16 Engel, noch weiblich

끝없는 강물이 흐르네

김영랑

내 마음의 어딘 듯 한 편에 끝없는
강물이 흐르네.
돋쳐 오르는 아침 날빛이 빤질한
은결을 돋우네.
가슴엔 듯 눈엔 듯 또 핏줄엔 듯

마음이 도른도른 숨어 있는 곳
내 마음의 어딘 듯 한 편에 끝없는
강물이 흐르네.

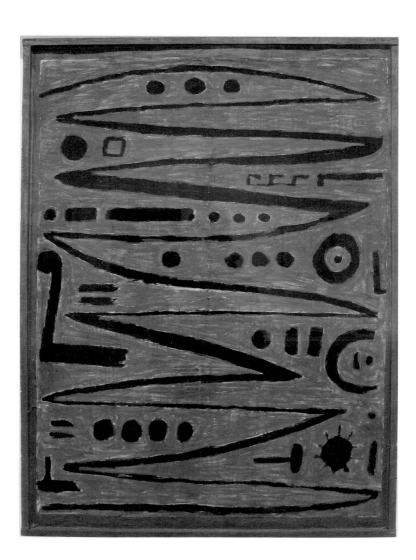

산유화

김소월

산에는 꽃 피네
꽃이 피네
갈 봄 여름 없이
꽃이 피네.

산(山)에
산(山)에
피는 꽃은
저만치 혼자서 피어 있네.

산에서 우는 작은 새여
꽃이 좋아
산에서
사노라네.

산에는 꽃이 지네
꽃이 지네
갈 봄 여름 없이
꽃이 지네.

사랑의 전당(殿堂)

윤동주

순(順)아 너는 내 전(殿)에 언제 들어갔던 것이냐?
내사 언제 네 전(殿)에 들어갔던 것이냐?

우리들의 전당(殿堂)은
고풍(古風)한 풍습(風習)이 어린 사랑의 전당(殿堂)

순(順)아 암사슴처럼 수정(水晶)눈을 내려 감아라.
난 사자처럼 엉클린 머리를 고르런다.

우리들의 사랑은 한낱 벙어리였다.

성(聖)스런 촛대에 열(熱)한 불이 꺼지기 전(前)
순(順)아 너는 앞문으로 내달려라.

어둠과 바람이 우리 창(窓)에 부닥치기 전(前)
나는 영원(永遠)한 사랑을 안은 채
뒷문으로 멀리 사라지런다.

이제
네게는 삼림(森林) 속의 아늑한 호수(湖水)가 있고,
내게는 준험(峻險)한 산맥(山脈)이 있다.

돌담에 속삭이는 햇발

김영랑

돌담에 속삭이는 햇발같이
풀 아래 웃음 짓는 샘물같이
내 마음 고요히 고운 봄길 위에
오늘 하루 하늘을 우러르고 싶다

새악시 볼에 떠오는 부끄럼같이
시의 가슴 살포시 젖는 물결같이
보드레한 에머랄드 얇게 흐르는
실비단 하늘을 바라보고 싶다

산골물

윤동주

괴로운 사람아 괴로운 사람아
옷자락 물결 속에서도
가슴 속 깊이 돌돌 샘물이 흘러
이 밤을 더불어 말할 이 없도다.
거리의 소음과 노래 부를 수 없도다.
그신 듯이 냇가에 앉았으니
사랑과 일을 거리에 맡기고
가만히 가만히
바다로 가자,
바다로 가자.

1914 145   Park

꿈밭에 봄 마음

김영랑

구비진 돌담을 돌아서 돌아서
달이 흐른다 놀이 흐른다
하이얀 그림자
은실을 즈르르 몰아서
꿈밭에 봄마음 가고 가고 또 간다

꽃그늘 아래선
생판 남인 사람
아무도 없네

花の陰赤の他人はなかりけり

고바야시 잇사

그 노래

시보다 더 고운 노래
꽃보다 더 고운 노래
물결이 헤어지듯이
가만한 노래가 듣고 싶소

듣도록 더 듣고 싶은 그 노래
이제는 도무지 들을 수 없으니
어디로 가면은 들려 주려오
맑고도 곱고도 다정한 그 노래

병상에 와서도 위로해 주고
고적할 그때도 불러 주고
분주한 그 날에 도와주든
고상하고 다정한 그 노래

침묵의 벗 노래의 벗
그보다 미소의 벗이여
봄에 오려오 가을에 오려오
꿈에라도 그 노래 다시 들려주시오

소리 나지 않으면
그것으로 작별인가
고양이 사랑

声立てぬ時がわかれぞ猫の恋

가가노 지요니

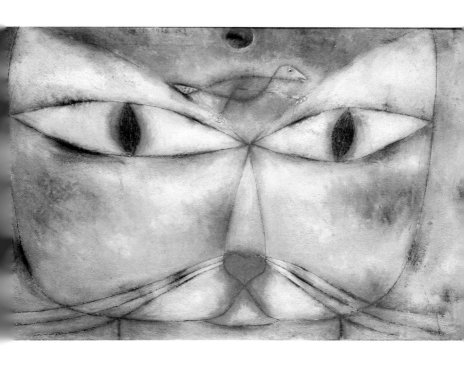

돌팔매

오일도

온종일 바닷가에 나와
걸으며 사색(思索)하며 바다를 바라보아도
내 마음 풀 길 없으매
드디어 나는 돌 한 개 집어
물 위에 핑 던졌다.

바다는 윤(輪)을 그린다.

공상

윤동주

공상—
내 마음의 탑
나는 말없이 이 탑을 쌓고 있다,
명예와 허영의 천공에다,
무너질 줄도 모르고
한 층 두 층 높이 쌓는다.

무한한 나의 공상—
그것은 내 마음의 바다,
나는 두 팔을 펼쳐서,
나의 바다에서
자유로이 헤엄친다.
황금 지욕(知慾)의 수평선을 향하여.

봄은 간다

김억

밤이도다
봄이도다

밤만도 애닯은데
봄만도 생각인데

날은 빠르다
봄은 간다

깊은 생각은 아득이는데
저 바람에 새가 슬피운다

검은 내 떠돈다
종소리 빗긴다

말도 없는 밤의 설움
소리 없는 봄의 가슴

꽃은 떨어진다
님은 탄식한다

인쇄물 위에
문진 눌러놓은 가게
봄바람 불고

絵草紙に鎮おく店や春の風

다카이 기토

양지쪽

윤동주

저쪽으로 황토 실은 이 땅 봄바람이
호인(胡人)의 물레바퀴처럼 돌아 지나고
아롱진 사월 태양의 손길이
벽을 등진 섦은 가슴마다 올올이 만진다.

지도째기 놀음에 뉘 땅인 줄 모르는 애 둘이
한 뼘 손가락이 짧음을 한(恨)함이여

아서라! 가뜩이나 엷은 평화가
깨어질까 근심스럽다.

고양이의 꿈

이장희

시내 위에 돌다리
달 아래 버드나무
봄안개 어리인 시냇가에, 푸른 고양이
곱다랗게 단장하고 빗겨 있소, 울고 있소.
기름진 꼬리를 치들고
밝은 애달픈 노래를 부르지요.
푸른 고양이는 물오른 버드나무에 스르를 올라가
버들가지를 안고 버들가지를 흔들며
또 목놓아 웁니다, 노래를 부릅니다.

멀리서 검은 그림자가 움직이고,
칼날이 은같이 번쩍이더니,
푸른 고양이도 볼 수 없고,
꽃다운 소리도 들을 수 없고,
그저 쓸쓸한 모래 위에 선혈이 흘러 있소.

울적

윤동주

처음 피워본 담배맛은
아침까지 목 안에서 간질간질 타.

어젯밤에 하도 울적하기에
가만히 한 대 피워 보았더니.

hofsbau 1913. 10.   Klee

해바라기씨

정지용

해바라기 씨를 심자.
담모통이 참새 눈 숨기고
해바라기 씨를 심자.

누나가 손으로 다지고 나면
바둑이가 앞발로 다지고
괭이가 꼬리로 다진다.

우리가 눈 감고 한밤 자고 나면
이실이 나려와 가치 자고 가고,

우리가 이웃에 간 동안에
해ㅅ빛이 입 마추고 가고,

해바라기는 첫시약시 인데
사흘이 지나도 부끄러워
고개를 아니 든다.

가만히 엿보러 왔다가
소리를 깩! 지르고 간놈이 ——
오오, 사철나무 잎에 숨은
청개고리 고놈이다.

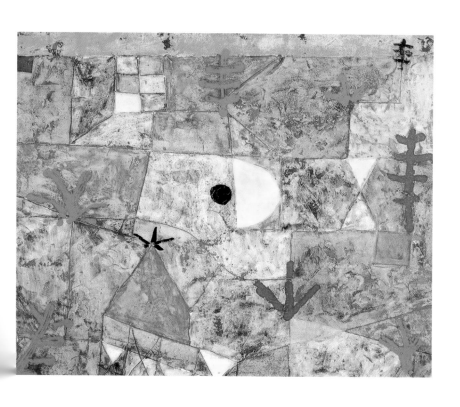

위로(慰勞)

윤동주

거미란 놈이 흉한 심보로 병원(病院) 뒤뜰 난간과 꽃밭 사이
사람 발이 잘 닿지 않는 곳에 그물을 쳐 놓았다. 옥외(屋外)
요양(療養)을 받는 젊은 사나이가 누워서 치어다 보기 바르게—

나비가 한 마리 꽃밭에 날아들다 그물에 걸리었다. 노—란
날개를 파득거려도 파득거려도 나비는 자꾸 감기우기만 한다.
거미가 쏜살같이 가더니 끝없는 끝없는 실을 뽑아 나비의 온몸을
감아버린다. 사나이는 긴 한숨을 쉬었다.

나이(歲)보담 무수한 고생끝에 때를 잃고 병(病)을 얻은 이 사나이를
위로(慰勞)할 말이— 거미줄을 헝클어버리는 것밖에 위로(慰勞)의
말이 없었다.

오줌싸개 지도

윤동주

빨랫줄에 걸어 논
요에다 그린 지도는
지난밤에 내 동생
오줌싸 그린 지도

꿈에 가본 엄마 계신
별나라 지돈가?
돈벌러간 아빠 계신
만주땅 지돈가?

애기의 새벽

윤동주

우리집에는
닭도 없단다.
다만
애기가 젖달라 울어서
새벽이 된다.

우리집에는
시계도 없단다.
다만
애기가 젖달라 보채어
새벽이 된다.

1922 / 131   Schreck eines Mädchens

형제(兄弟)별

방정환

날 저무는 하늘에
별이 삼형제
반짝반짝
정답게 지내더니,
웬일인지 별 하나
보이지 않고,
남은 별이 둘이서
눈물 흘린다.

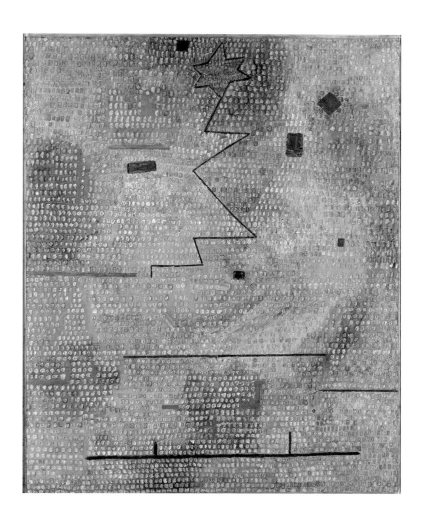

도요새

오일도

물가에 노는
한 쌍 도요새.

너
어느 나라에서 날아왔니?

너의 방언(方言)을 내 알 수 없고
내 말 너 또한 모르리!

물가에 노는
한 쌍 도요새.

너 작은 나래가
푸른 향수(鄕愁)에 젖었구나.

물 마시고는
하늘을 왜 쳐다보니?

二
十
四
日

물가에 노는
한 쌍 도요새.

이 모래밭에서
물 마시고 사랑하다가

물결이 치면
포트럭 저 모래밭으로.

두 사람의 생
그 사이에 피어난
벚꽃이어라

命二つの中に生きたる桜哉

마쓰오 바쇼

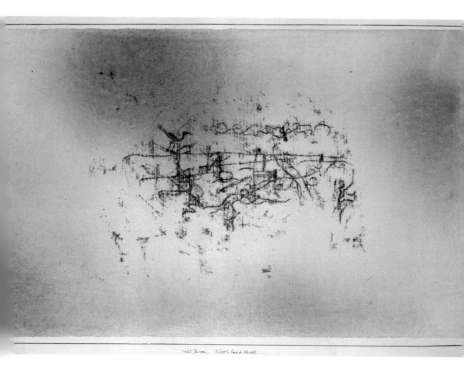

1925 L voi   X25 C Land Shaft

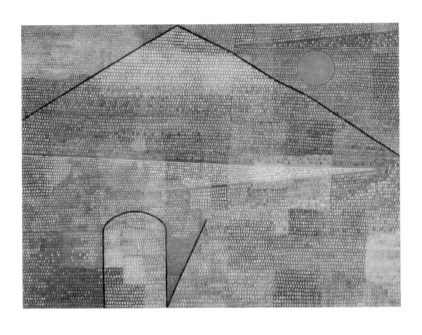

꽃이 먼저 알아

한용운

옛 집을 떠나서 다른 시골의 봄을 만났습니다.
꿈은 이따금 봄바람을 따라서 아득한 옛터에 이릅니다.
지팡이는 푸르고 푸른 풀빛에 묻혀서, 그림자와 서로
다릅니다.

길가에서 이름도 모르는 꽃을 보고서,
행여 근심을 잊을까 하고 앉아 보았습니다.
꽃송이에는 아침 이슬이 아직 마르지 아니한가 하였더니,
아아, 나의 눈물이 떨어진 줄이야 꽃이 먼저 알았습니다.

봄 2

윤동주

二十七日

우리 애기는
아래 발추에서 코올코올

고양이는
부뚜막에서 가릉가릉

애기 바람이
나뭇가지에 소올소올

아저씨 햇님이
하늘 한가운데서 째앵째앵

1938 A15 Magdalena vor der Bekehrung

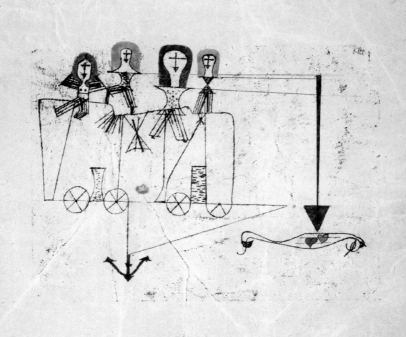

새 봄

조명희

二十八日

볕발이 따스거늘
양지(陽地)쪽 마루 끝에
나어린 처녀(處女) 세음으로
두 다리 쭉 뻗고 걸터앉아
생각에 끄을리어 조을던 마음이
얄궂게도 쪼이는 볕발에 갑자기 놀라
행여나 봄인가 하고
반가운 듯 두려운 듯.

그럴 때에 좋을세라고
낙숫물 소리는 새 봄에 장단 같고,
녹다 남은 지붕 마루터기 눈이
땅의 마음을 녹여 내리는 듯,
다정(多情)도 하이 저 하늘빛이여
다시금 웃는 듯 어리운 듯,
"아아, 과연 봄이로구나!" 생각하올 제
이 가슴은 봄을 안고 갈 곳 몰라라.

달밤

하늘엔 하이얀 달

그림자 같은 초가 들창엔
감빛 등불이 켜지고

밤안개 속 버드나무 수풀
멀리 빛나는 둠벙

어디선지 염소 우는 소리
또, 물 흘러가는 소리…

달빛은 나의 두 어깨 위에
물처럼 여울이 흘렀다

저녁

이장희

버들가지에 내 끼이고,
물 위에 나르는 제비는
어느덧 그림자를 감추었다.

그윽히 빛나는 냇물은
가는 풀을 흔들며 흐르고 있다.
무엇인지 모르는 말 중얼거리며 흐르고 있다.

누군지 다리 위에 망연히 섰다.
검은 그 양자 그리웁고나.
그도 나같이 이 저녁을 쓸쓸히 지내는가.

1923. /. 2. 3.   Stilleben (mit Würfel.)

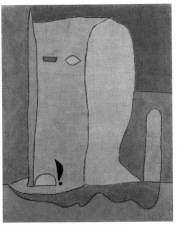

A Woman for Gods 1938

Garden Figure 1932

Park Bei Lu 1938

Angel Still Feminine 1939

Heroic Strokes of the Bow 1938

High Guardian 1940

Archangel 1938

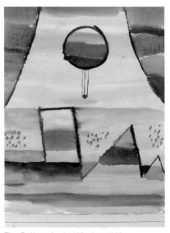

The Balloon in the Window 1929

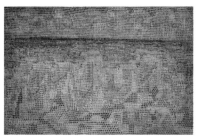

Cliffs by the Sea 1931

Magical Garden 1926

Park 1920

Conquest of the Mountain 1939

Untitled(Last Still Life) 1940

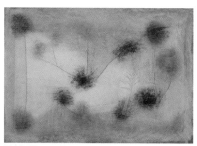

Hardy Plants 1934

Heroic Roses 1938

Evening Figure 1935

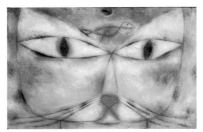

Cat and Bird 1928

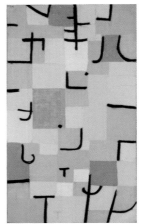

Signs in Yellow 1937

Swiss Glance of a Landscape 1926

Room Architecture
with the Yellow Pyramid Cold Warm 1915

Red Balloon 1922

Full Moon 1919

Revolution of the Viaduct 1937

Heisser Ort 1933

Twittering Machine 1880

The Lamb 1920

Rose Garden 1920

Cemetery Building 1913

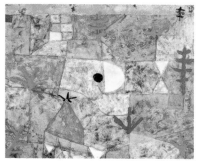

Gardens in the South 1936

Athlete's Head 1932

Angel Militant 1940

Oh! These Rumors! 1939

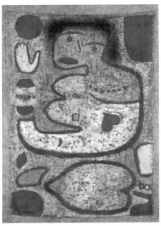

Love Song by the New Moon 1939

Rhythmically 1930

Fright of a Girl 1922

View into the Fertile Country 1932

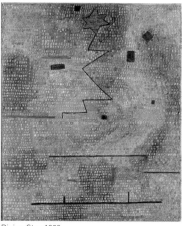

Rising Star 1923

Blue Bird Pumpkin 1939

Still Life 1924

Bird Landscape 1925

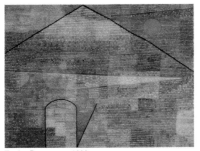

To the Parnassus 1932

View towards the Port of Hammamet 1914

Sparse Foliage 1934

Magdalena before the Conversion 1938

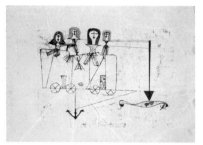

The Virtue Wagon(To the Memory of October 5) 1922

Ghost of a Genius 1925

Wi In a Memory 1938

Villa R 1919

Fish Magic 1925

Likeness in the Bower 1930

Still Life with Dice 1923

4월의 화가와 시인 이야기

색채와 선의 연주자,
파울 클레 이야기

파울 클레

파울 클레는 1879년 12월 18
일, 스위스 베른 근처 뮌헨부
흐제에서 태어났다. 아버지 한
스 클레는 음악 교사였고, 어
머니 이다 클레는 성악을 배운
가수였다. 자연스럽게 클레는
음악적인 재능을 타고났으며, 특히 바이올린을 탁월하게 연주할 수 있
었다. 11세에는 베른 심포니 오케스트라의 명예 회원이 될 정도로 뛰어
난 실력을 보였다.

그러나 그는 음악이 주는 엄격한 규율과 형식적인 틀보다는, 더 자유롭
게 표현할 수 있는 회화에 관심을 가지기 시작했다. 어릴 때부터 그린
드로잉들은 감각적이고 생동감 넘치는 작품들이었으며, 이는 훗날 그
의 예술 세계에도 커다란 영향을 미쳤다.

미술로의 전향과 학문적 탐구 (1898-1906)

1898년, 클레는 독일 뮌헨의 미술 아카데미에 입학하여 상징주의 화가
프란츠 폰 슈투크에게 사사받았다. 하지만 정형화된 교육 과정이 답답
했던 그는 독학을 병행하며 자신만의 예술세계를 찾아 나섰다. 이 시기
그는 스위스 화가 아르놀트 뵈클린과 독일 판화가 막스 클링거의 영향
을 받아 보다 세밀한 에칭 기법을 연구하며, 자신의 스타일을 발전시키
는 데 몰두했다.

1901년부터 1902년까지 이탈리아를 여행하며 르네상스 거장들의 작품을 직접 감상하였고, 이 경험은 그에게 형태와 구도에 대한 이해를 깊게 해주었다. 하지만 그는 전통적인 방식에 대한 회의감을 품었고, 보다 개인적이고 상징적인 스타일을 찾는 데 집중하게 되었다.

1906년, 클레는 피아니스트 릴리 슈툼프와 결혼하였으며, 이는 그의 삶에 안정감을 주었다. 하지만 예술적 고민은 계속되었고, 그는 더욱 실험적인 방법을 찾아나갔다.

Hilterfingen 1895

4월의 화가와 시인 이야기

Two Gentlemen Bowing to One Another,
Each Supposing the Other to Be in a Higher Position (Invention 6) 1903

Couple Mauvais Genre 1905

Aged Phoenix (Invention 9) 1905

색채의 발견과 예술적 변혁 (1906-1914)

1911년, 클레는 독일에서 활동하던 바실리 칸딘스키, 프란츠 마르크, 아우구스트 마케 등과 교류하며 '청기사파(Blauer Reiter)'에 합류했다. 이들은 전통적인 사실주의를 뛰어넘어 색채와 형태를 통해 감정을 표현하는 새로운 미술 운동을 펼쳤다.

1914년, 클레의 예술적 전환점을 마련해준 사건이 있었다. 바로 아우구스트 마케, 루이 무아예와 함께 떠난 튀니지 여행이었다. 튀니지의 태양빛과 강렬한 색채는 그에게 엄청난 충격을 주었고, 그 이후 클레의 작품에서는 더욱 화려하고 감각적인 색채 조합이 나타나게 되었다. 그는 그 여행에서 "색이 나를 사로잡았다. 나는 더 이상 색을 쫓아갈 필요가 없다."라는 말을 남기기도 했다.

Hammamet with Its Mosque 1914

107

The Idea of Firs 1917

Black Columns in a Landscape 1919

바우하우스 시절과 예술적 절정기 (1921-1931)

1921년, 클레는 독일의 바우하우스에서 교수직을 제안받고, 그 곳에서 본격적으로 예술 교육과 연구를 병행했다. 바우하우스는 회화뿐만 아니라 디자인, 건축 등 여러 분야에서 새로운 시도를 펼치는 혁신적인 기관이었다. 이곳에서 그는 예술의 기초 원리를 분석하며 색채 이론과 형태 연구에 몰두했다.

이 시기 클레는 다수의 걸작을 남겼다. 〈빨간 풍선(Red Balloon)〉(1922) 〈지저귀는 기계(Twittering Machine)〉(1922)등의 작품에서 그의 독창적인 색채 감각과 기하학적 구성이 돋보였다. 또한, 그의 이론적 연구를 집대성한『조형적 사고(Pedagogical Sketchbook)』(1925)는 예술 교육에서 필독서로 자리 잡았다.

Revolving House 1921

4월의 화가와 시인 이야기

Adam and Little Eve 1921

A Young Lady's Adventure 1922

Puppet theater 1923

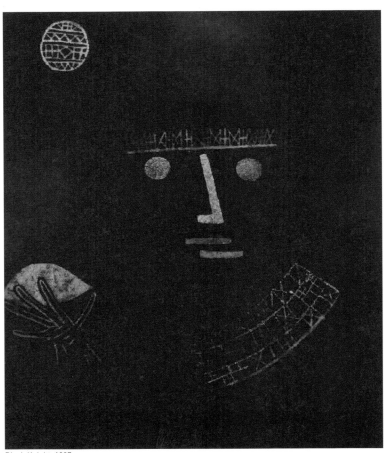

Black Knight 1927

Flora on sand 1927

Highway and Byways 1929

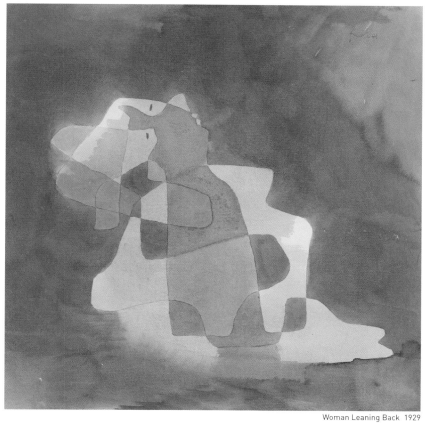

Woman Leaning Back 1929

Brother and Sister 1930

Castle Garden 1931

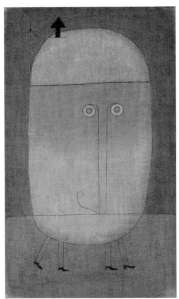

Mask of Fear 1932

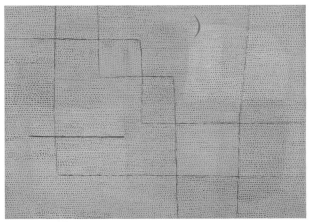

Clarification 1932

나치 탄압과 스위스로의 귀환 (1933-1940)

하지만 1933년, 독일에서 나치 정권이 들어서며 클레와 같은 현대 미술가들은 탄압을 받기 시작했다. 나치는 그의 작품을 '퇴폐 미술'로 규정하였고, 교수직에서 해임했다. 결국 그는 독일을 떠나 다시 스위스로 돌아왔다.

이 시기 클레는 희귀병인 경피증(피부 경화증)에 걸려 점점 손과 몸을 자유롭게 움직이기 어려워졌지만, 오히려 창작의 열정은 더욱 불타올랐다. 〈죽음과 불(Death and Fire)〉(1940)과 같은 말년 작품에서는 깊은 철학적 사유와 감성적인 표현이 극대화되었다.

1940년 6월 29일, 클레는 스위스 로카르노에서 생을 마감했다. 하지만 그는 9,000점이 넘는 작품을 남겼으며, 그의 예술적 유산은 여전히 전 세계 예술가들에게 큰 영향을 미치고 있다.

Death and Fire 1940

Promontorio Ph 1933

Garten im Orient 1937

Comedians' Handbill 1938

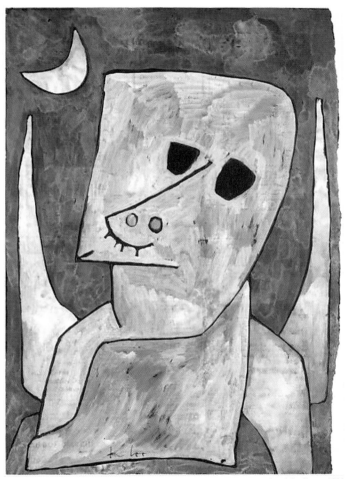

Angel Applicant 1939

Insula Dulcamara 1938

Rich Harbor 1938

Mannequin 1940

Boy with Toys 1940

김소월

金素月. 1902~1934. 일제강점기에 활
동한 시인이다. 본명은 김정식(金廷湜)
이지만, 호인 소월(素月)로 더 널리 알려
져 있다. 본관은 공주(公州)이며, 평안북
도 구성군에서 태어나 아버지의 고향인
평안북도 정주군에서 자랐다. 1915년
평안북도 청주군의 오산학교(五山學校)
중학부에 진학했으며 그곳에서 시적 스
승 김억과 사상적 스승 조만식을 만나게 된다. 1916년, 14세의 어린 나
이에 할아버지의 주선으로 홍단실과 결혼했지만, 그 시기에 오산학교
에서 만난 오순과 교제하게 된다. 오순과 김소월의 인연은 오순이 결혼
하면서 끊어지게 되었고, 오순은 남편의 학대로 인해 22세에 사망했다
고 한다. 일련의 일들을 겪으며 김소월은 이루어지지 못한 사랑에 대한
많은 시를 남겼고, 김소월의 대표적인 서정시로 자리잡았다.

1923년 일본의 도쿄상과대학(오늘날 히토쓰바시대학)으로 유학을 갔지
만, 관동 대지진과 한국인 학살 사건 등으로 인해 대학을 중퇴하고 돌
아오게 된다. 경성에 머무는 동안 김소월은 소설가 나도향과 친분을 쌓
았으며, 고향으로 돌아오기 직전 1925년에는 스승 김억의 도움으로 시
집『진달래꽃』을 자비 출판했다. 이 시집은 김소월의 유일한 시집이 되
었다.

고향으로 돌아온 김소월은 돈을 벌기 위해 할아버지의 광산 경영을 돕

기도 하고, 광산이 망하자 〈동아일보〉 지국을 여는 등 애썼으나 일제의 방해 등으로 인해 문을 닫았다. 이후 빈곤에 시달리던 김소월은 술에 의지했으며, 1934년 12월 24일 평안북도 곽산 자택에서 33세 나이에 음독자살했다. 그는 서구 문학이 범람하던 시대에 민족 고유의 정서를 노래한 시인이라고 평가받고 서정적인 시로 오늘날까지도 많은 사랑을 받고 있다.

김소월은 서구 문학이 범람하던 시대 속에서 민족 고유의 정서를 노래한 시인으로 평가받으며, 서정적인 시를 통해 오늘날까지도 많은 사랑을 받고 있다. 1920년 시 〈낭인의 봄〉으로 작품 활동을 시작한 김소월은 〈진달래꽃〉〈금잔디〉〈엄마야 누나야〉〈산유화〉 등을 비롯해 많은 명시를 남겼다. 한 평론가는 그를 "그 왕성한 창작적 의욕과 전통적 가치를 고려할 때, 1920년대의 천재적인 시인"이라고 평가하기도 했다.

김억

金億. 1895~미상. 시인이자 문학평론
가다. 본명은 김희권(金熙權)이었으나
훗날 김억으로 개명했다. 필명으로는
안서(岸曙) 및 안서생(岸曙生), A.S., 석
천(石泉), 돌샘 등을 썼다. 1895년 평안
북도 정주에서 태어났으며 1907년 오
산학교에 입학했다. 이후 1914년에는
일본 게이오의숙 문과에 진학했고 그
해 12월 〈학지광〉 제3호에 시 〈이별〉을 발표했다. 일본에서 유학하던
중 1916년 아버지가 돌아가셨다는 소식을 듣고 귀국했으며, 이후 모교
인 오산학교 교사로 부임하여 폐교할 때까지 재직했다. 재직 당시 시인
김소월을 가르쳤으며 1922년 김소월을 처음 문단에 소개하기도 했다.
1918년에는 〈태서문예신보〉에 프랑스 상징주의 시를 주로 번역하여
소개했으며 그해 11월부터는 자작시 〈봄〉 〈봄은 간다〉 등을 같은 잡지
에 발표하며 본격적인 작품활동을 이어갔다.

1910년대 후반 낭만주의 성향의 〈폐허〉와 〈창조〉 동인으로 활동했으
며, 〈창조〉 〈폐허〉 〈영대〉 〈개벽〉 〈조선문단〉 〈동아일보〉 〈조선일보〉 등
에 시·역시(譯詩)·평론·수필 등 많은 작품을 발표했다. 최초의 번역 시
집인 『오뇌의 무도』(1921), 최초의 창작 시집인 『해파리의 노래』(1923)
등을 내며 한국 문학의 중요한 역할을 했다. 특히 프랑스 상징주의 시
를 한국에 소개하면서 당시 한국 시단에 신선한 영향을 주었다. 그는

상징주의를 통해 시의 의미와 형식을 보다 자유롭고 다양한 방식으로 표현할 수 있다는 가능성을 제시했으며, 이를 바탕으로 한국 자유시의 기초를 다지는 데 큰 역할을 했다. 그의 번역 시집인『오뇌의 무도』는 한국 시문학에 새로운 기법과 감각을 불어넣었고, 창작 시집인『해파리의 노래』는 김억의 시적 성향을 드러내며 그가 추구한 문학적 이상을 잘 보여주었다.

또한 김억은 단순히 시인으로서만 활동한 것이 아니라, 문학평론가로서도 중요한 역할을 했다. 1924년에는 동아일보 학예부 기자로 입사하여 당시까지 낯설었던 해외 문학 이론을 처음 소개하면서 한국 문학이 서구화와 전통을 오가는 길목에서 중요한 역할을 했다. 1920년대 중반 이후, 민속적인 정서를 담아내는 작업을 통해 한국 전통 문학의 재발견에 힘썼으며, 민속학적 요소를 문학에 접목시킨 중요한 인물로 평가받았다.

김억은 한국전쟁 당시인 1950년 9월 납북되었으며 1956년 평양에서 결성한 '재북평화통일촉진협의회' 중앙위원을 지낸 뒤로는 행적이 불분명하다. 대한민국에서는 월북 작가들과 함께 언급이 금기시되었다가 1988년 해금 조치 이후 재조명받았다.

김영랑

金永郞. 1903~1950. 시인이자 독
립운동가다. 본관은 김해(金海).
본명은 김윤식(金允植). 영랑은
아호인데 〈시문학(詩文學)〉에 작
품을 발표하면서부터 사용하기
시작했다. 1903년 전라남도 강

진에서 태어났다. 강진보통학교를 졸업한 후 1917년 휘문의숙에 입학
했지만 1919년 3·1운동 때 학교를 그만두고 강진에서 만세운동을 벌일
계획을 세우다 체포되었다. 징역 1년형을 받고 투옥되었지만 실제 만
세운동을 벌이지 않았다는 이유로 무죄를 선고받았다. 이후 1920년 일
본 유학길에 올라 아오야마학원에서 영문학을 공부했다. 일본에서 유
학하며 아나키스트이자 사회운동가인 박열과 교류했다. 1923년 관동
대지진이 일어나면서 학업을 중단하고 귀국했다.

1930년 정지용, 박용철 등과 함께 〈시문학〉 동인에 가입하며 본격적인
작품 활동을 시작했다. 초기 시는 1935년 박용철에 의하여 발간된 『영
랑시집』 초판의 수록시편들이 해당되는데, 여기서는 자연에 대한 깊은
애정이나 인생을 바라보는 태도에서의 역정(逆情)·회의 같은 것은 찾아
볼 수 없다. '슬픔'이나 '눈물'의 용어가 수없이 반복되면서 그 비애의식
은 영탄이나 감상에 기울지 않고, '마음'의 내부로 향하며 정감의 극치
를 이루고 있다. 김영랑의 초기 시는 같은 시문학동인인 정지용 시의
감각적 기교와 더불어 그 시대 한국 순수시의 극치를 보여주고 있다.

김영랑은 특히 서정시의 대표적인 시인으로, 그의 작품은 감성적이고, 아름다운 언어로 민족적 정서를 표현하는 데 집중했다. 그의 시에는 자연과 인간, 사랑과 이별, 그리고 고향에 대한 향수가 깊이 묻어난다. 대표적인 작품으로는 〈모란이 피기까지는〉〈나그네〉〈춘원〉〈별〉〈시인의 시〉 등이 있다. 특히 〈모란이 피기까지는〉은 김영랑의 대표적인 시로, 사랑과 기다림, 그리고 삶에 대한 깊은 성찰이 녹아 있는 작품이다.

김영랑은 문학적인 성향상, 전통적인 한국 시의 양식을 고수하면서도, 그 안에 근대적 감각을 녹여내고자 했다. 그는 민족의 정서를 현대적이고 미학적인 방식으로 풀어내는 데 집중했다. 이러한 특성 덕분에 김영랑은 한국 문학사에서 중요한 역할을 하게 되었다.

1940년을 전후하여 민족항일기 말기에 발표된 〈거문고〉〈독(毒)을 차고〉〈망각(忘却)〉〈묘비명(墓碑銘)〉 등의 후기 시에서는 그 형태적인 변모와 함께 인생에 대한 깊은 회의와 '죽음'의 의식이 나타나 있다.

김영랑은 1950년 한국전쟁 당시 서울에서 포탄 파편에 맞아 48세에 사망했다.

방정환

方定煥. 1899~1931. 어린이운동의 창
시자이자 선구자이며 아동문학가, 독
립운동가로도 활동했다. 호는 소파(小
波)이며 이외에도 잔물, 잔물결, 물망
초, 몽견초, 몽중인, 삼산인, 북극성, 쌍
S, 목성, 은파리, CWP, 길동무, 운정(雲
庭), 파영(波影), 깔깔박사, SP생이라는
이름을 필명으로 사용했다. 일본의 언
론 검열을 피하며, 소수의 필자로 잡지를 채우기 위해 다양한 필명을
사용한 것으로 추측된다.

방정환은 1917년 잡지 〈청춘〉의 현상문에 선외가작에 뽑히면서 등단
하였으며, 선린상업고등학교 졸업을 1년 앞두고 중퇴한 뒤 문학에 몰
두했다. 1919년 3월 1일 만세운동이 일어난 이후, 〈조선독립신문〉을
만들거나 발행에 동참한 이들이 잡혀가 고문을 받다 옥사하기도 했으
며 방정환도 고문을 당했다. 1920년에는 출판사 개벽사 특파원이자 천
도교청년회 지회장으로서 일본 도쿄로 가게 되었고, 1921년부터 도요
대학 문화학과에서 철학, 신문화, 아동 문학, 아동 심리학 등을 공부했
다.

방정환의 문학적 접근은 어린이들에게 단순히 재미를 주기 위한 것이
아니라, 그들의 정신적 성장과 발달을 돕기 위한 것이었다. 그는 어린
이를 '미래의 주역'으로 보고, 그들의 인격을 형성하는 데 중요한 시기

가 아동기라는 점을 강조했다.

또한 방정환은 1920년 〈개벽〉 3호에서 아동을 고유한 인격과 개성을 가진 사람으로서 존중하자는 뜻에서 '어린이'라는 용어로 표현하며 격상시켰다. 1922년 5월 1일 처음으로 '어린이의 날'을 제정하고 '어린이 해방 선언문'을 낭독했는데 그 선언문에는 "어린이에게 낮춤말을 쓰지 말고 높임말을 쓸 것, 목욕 등의 위생을 위할 것, 어린이가 잘못을 했더라도 알아듣기 쉽게 차근차근 설명할 것, 잡지를 읽도록 해서 건강한 정서를 갖도록 할 것, 원족을 자주 하도록 할 것(소풍으로써 어린이들이 건강한 몸과 정신을 가지도록 함)"과 같은 내용이 포함되어 있다. 1923년 3월 우리나라 최초 순수 아동잡지 〈어린이〉를 창간했다.

생전에 발간한 책은 『사랑의 선물』(1922)이 있고, 그밖에 사후에 발간된 『소파전집』(1940), 『소파동화독본』(1947), 『칠칠단의 비밀』(1962), 『동생을 찾으러』(1962), 『소파아동문학전집』(1974) 등이 있다.

방정환은 1931년, 32세의 나이에 갑작스레 사망했다.

오일도

吳一島. 1901~1946. 일제강점기의 시인이다. 본명은 오희병(吳熙秉)이며 일도는 아호다. 본관은 낙안(樂安)이며 1901년 경상북도 영양군에서 출생했다. 1918년 영양보통학교를 졸업한 뒤 상경하여 경성제일고등보통학교에 입학했지만 졸업하지 않았다. 이후 일본의 릿쿄대학교에서 철학을 공부했고, 유학 후에는 귀국하여 중학교 교사로 일했다. 1925년 〈조선문단〉에 시 〈한가람백사장에서〉를 발표하며 작품활동을 시작했으며, 〈시문학〉〈문예월간〉 등 잡지에 서정시를 발표했다.

작품활동보다는 순수시 전문잡지 〈시원(詩苑)〉을 창간하여 한국 현대시의 발전에 기여했다는 점에서 더 중요한 의미를 지닌 시인이다. 1935년 2월 창간한 〈시원〉은 1935년 12월 5호로 중단되었다. 1936년 『을해명시선(乙亥名詩選)』을 출판하였고 1938년 조지훈(趙芝薰)의 형 조동진(趙東振)의 유고시집 『세림시집』을 출판했다. 1942년 낙향하여 수필 『과정기(瓜亭記)』를 집필했다. 낭만주의에 기반한 오일도의 시는 자연스러운 감정을 자유롭게 표현하고 있다.

〈내 창이 바다에 향했기에〉〈가을하늘〉〈코스모스꽃〉〈지하실의 달〉〈봄아침〉〈봄비〉〈바람이 붑니다〉〈시월(十月)의 정두원(井頭園)〉〈송원(松園)의 밤〉〈별〉〈도요새〉 등의 시를 발표했다.

윤곤강

尹崑崗, 1911~1949. 일제강점기의 시인이자 문학평론가다. 1911년 충청남도 서산에서 태어났으며, 본명은 윤붕원(尹朋遠), 아명은 윤명원(尹明遠)이다. 1930년 보성고등보통학교를 졸업한 뒤 같은 해 혜화전문학교(지금의 동국대학교)에 입학했다가 중퇴했다. 이후 1933년 일본으로 갔으며, 1935년 센슈대학교 법철학과를 졸업했다.

1936년 〈시학(詩學)〉 동인의 한 사람으로 문단에 등장했다. 초기에는 카프(KAPF)파의 한 사람으로 시를 썼으나 곧 암흑과 불안, 절망을 노래하는 퇴폐적 시풍을 띠게 되었고 풍자적인 시를 썼다. 윤곤강의 시는 초기에 하기하라 사쿠타로와 보들레르의 영향을 받았고, 해방 후에는 전통적 정서에 대한 애착과 탐구로 기울어지기 시작했다.

윤곤강의 작품세계는 크게 해방 전과 후로 나뉜다. 초기 시집에서는 식민지 지식인의 허탈함과 무력함을 담은 고통스러운 현실을 노래했다. 해방 이후에는 전통을 계승하고 민족 정서를 탐구하고자 하며 새로운 시도를 했다.

동인지 〈시학〉을 주간하였으며, 출간한 시집으로는 첫 시집『대지』(1937)를 비롯해『만가』(1938)『동물시집』(1939)『빙화』(1940)『살어리』(1948) 등이 있고, 시론집으로『시와 진실』(1948)이 있다.

윤동주

尹東柱. 1917~1945. 일제강점기의 저항(항일)시인이자 독립운동가다. 아명은 해환(海煥). 만주 북간도의 명동촌에서 태어났으며, 기독교인인 할아버지의 영향을 받았다. 1931년(14세)에 명동소학교를 졸업하고, 한때 중국인 관립학교인 대랍자(大拉子)소학교를 다니다 가족이 용정으로 이사하자 용정에 있는 은진중학교에 입학했다.

1935년에 평양의 숭실중학교로 전학하였으나, 학교에 신사참배 문제가 발생하여 폐쇄당하고 말았다. 다시 용정에 있는 광명학원의 중학부로 편입하여 거기서 졸업했다. 1941년에는 서울의 연희전문학교 문과를 졸업하고, 일본으로 건너가 도쿄에 있는 릿쿄 대학 영문과에 입학했다가, 다시 1942년, 도시샤 대학 영문과로 옮겼다. 1943년 7월 학업 도중 귀향하려던 시점에 항일운동을 했다는 혐의로 일본 경찰에 체포되어 2년형을 선고받고 후쿠오카 형무소에서 복역했다. 그러나 복역 중 건강이 악화되어 1945년 2월에 생을 마감하고 말았다. 유해는 그의 고향 용정에 묻혔다. 한편, 그의 죽음에 관해서는 옥중에서 정체를 알 수 없는 주사를 정기적으로 맞은 결과이며, 이는 일제의 생체실험의 일환이었다는 주장도 제기되고 있다.

15세 때부터 시를 쓰기 시작하여 첫 작품으로 〈삶과 죽음〉 〈초한대〉를 썼다. 발표 작품으로는 만주 연길에서 발간된 잡지 〈가톨릭 소년〉에 실린 동시 〈병아리〉(1936. 11) 〈빗자루〉(1936. 12) 〈오줌싸개 지도〉(1937. 1) 〈무얼 먹구사나〉(1937. 3) 〈거짓부리〉(1937. 10) 등이 있다. 연희전문학교 시절 작품으로는 〈조선일보〉에 발표한 산문 〈달을 쏘다〉, 교지 〈문우〉에 게재된 〈자화상〉 〈새로운 길〉이 있다. 그의 유작인 〈쉽게 쓰여진 시〉는 사후인 1946년 〈경향신문〉에 게재되기도 했다.

윤동주의 대표작으로는 〈서시〉 〈별 헤는 밤〉 〈자화상〉 등이 있으며, 그 중에서도 〈서시〉는 그의 철학적이고 민족적 고뇌를 잘 나타낸 작품으로, 현재까지도 많은 사람들이 기억하는 명작으로 꼽힌다. 이 시는 자기 자신을 고백하는 형식으로 시작되며, 일제의 압박 속에서 자아를 찾고자 하는 고독한 내면의 목소리를 담고 있다.

윤동주의 절정기에 쓰인 작품들을 1941년 연희전문학교를 졸업하던 해에 '하늘과 바람과 별과 시'라는 제목으로 발간하려 하였으나 뜻을 이루지 못했다. 그의 자필 유작 3부와 다른 작품들을 모아 친구 정병욱과 동생 윤일주가, 사후에 그의 뜻대로 1948년, 『하늘과 바람과 별과 시』라는 제목으로 출간했다. 29년의 짧은 생애를 살았지만 특유의 감수성과 삶에 대한 고뇌, 독립에 대한 소망이 서려 있는 작품들로 인해 대한민국 문학사에 길이 남은 전설적인 문인이다. 2017년 12월 30일, 탄생 100주년을 맞이했다.

이장희

李章熙. 1900~1929. 일제강점기의 시
인이다. 본명은 이양희(李樑熙), 아호
는 고월(古月). 1900년 경상북도 대구
에서 태어났다. 대구보통학교와 일본
교토중학교를 졸업했다. 1920년에 이
장희(李樟熙)로 개명하였으나 필명으
로 장희(章熙)를 사용한 것이 본명처
럼 되었다. 문단의 교우 관계는 양주
동·유엽·김영진·오상순·백기만·이상화 등 극히 제한되어 있었다. 이장
희의 아버지는 조선총독부 중추원의 참의로서 일본인들과의 교류가
활발했다. 이장희에게 통역을 맡기려고 하거나 총독부 관리로 취직하
라고 권유했지만 이장희는 그 말들을 한 번도 따르지 않고 모두 거부했
다. 이후 이장희의 아버지도 이장희를 버린 자식으로 취급했으며, 이장
희는 매우 가난하게 살았다. 세속적인 것을 싫어하여 고독하게 살다가
1929년 11월 대구 자택에서 음독자살했다.

1924년 〈금성〉 3월호에 〈실바람 지나간 뒤〉〈새한마리〉〈불놀이〉〈무
대〉〈봄은 고양이로다〉 등 5편의 시와 톨스토이 원작의 번역소설 〈장
구한 귀양〉을 발표하면서 등단했다. 이후 〈신민〉〈생장〉〈여명〉〈신여
성〉〈조선문단〉 등 잡지에 〈동경〉〈석양구〉〈청천의 유방〉〈하일소경〉
〈봄철의 바다〉 등 30여 편의 작품을 발표했다. 요절하였기에 생전에
출간된 시집은 없으며, 이장희의 사후인 1951년, 백기만이 6.25 한국

전쟁 중 청구출판사에서 펴낸『상화와 고월』에 시 11편만 실려 전해지다가 제해만 편『이장희전집』(문장사, 1982)과 김재홍 편『이장희전집평전』(문학세계사, 1983)등 두 권의 전집에 유작이 모두 실렸다.

이장희의 전 시편에 나타난 시적 특색은 섬세한 감각과 시각적 이미지, 그리고 계절의 변화에 따른 시적 소재의 선택에 있다. 대표작〈봄은 고양이로다〉는 다분히 보들레르와 같은 발상법을 바탕으로 하고 있는데 '고양이'라는 한 사물이 예리한 감각으로 조형되어 생생한 감각미를 보인다. 이 시는 작자의 순수지각(純粹知覺)에서 포착된 대상인 고양이를 통해서 봄이 주는 감각을 집약적으로 표현하고 있다. 1920년대 초반의 시단은 퇴폐주의·낭만주의·자연주의·상징주의 등 서구 문예사조에 온통 휩싸여 퇴폐성이나 감상성이 지나치게 노출되어 있었음에도 불구하고, 그의 시는 섬세한 감각과 이미지의 조형성을 보여주고 있다. 바로 뒤를 이어 활동한 정지용과 함께 한국시사에서 새로운 시적 경지를 개척했다.

장정심

張貞心. 1898~1947. 일제강점기의 시
인이자 독립운동가다. 1898년 개성에
서 태어났다. 호수돈여자고등보통학
교를 마치고 서울로 와서 이화학당유
치사범과와 협성여자신학교를 졸업
하고 감리교여자사업부 전도사업에
종사했다.

1927년경부터 시를 쓰기 시작하여 많
은 작품을 신문과 잡지에 발표했다. 기독교계에서 운영하는 잡지〈청
년(靑年)〉에 발표하면서부터 등단했다. 1933년 한성도서주식회사에서
간행한『주(主)의 승리(勝利)』는 그의 첫 시집으로 신앙생활을 주제로
하여 쓴 단장(短章)으로 엮었다. 1934년 경천애인사(敬天愛人社)에서
출간된 제2시집『금선(琴線)』은 서정시·시조·동시 등으로 구분하여 200
수 가까운 많은 작품을 수록하고 있다.

그녀의 시는 서정적이고 감성적이며, 자아의 내면과 여성적 정서를 중
심으로 한 작품들이 많다. 또한, 근대화와 전쟁, 여성의 삶에 대한 고찰
을 시로 풀어내며, 한국 문학에서 여성의 목소리를 더욱 선명하게 표현
한 시인으로 평가된다. 독실한 신앙심을 바탕으로 한 맑고 고운 서정성
의 종교시를 씀으로써 선구자적 소임을 다한 시인으로 높이 평가되고
있다.

정지용

鄭芝溶. 1902~1950. 대한민국의 대표적 서정 시인이다. 충청북도 옥천군에서 태어났다. 연못의 용이 하늘로 올라가는 태몽을 꾸었다고 하여 아명은 지룡(池龍)이라고 했다. 당시 풍습에 따라 열두 살에 송재숙과 결혼했으며, 1914년 아버지의 영향으로 로마 가톨릭에 입문하여 '방지거(方濟各, 프란치스코)'라는 세례명을 받았다. 옥천공립보통학교와 휘문고등보  통학교를 졸업했고, 일본의 도시샤대학에서 영문학을 공부했다. 1926년 〈학조〉 창간호에 「카페·프란스」를 발표하면서 등단했다.

정지용은 섬세하고 독특한 언어를 구사하며, 생생하고 선명한 대상 묘사에 특유의 빛을 발하는 시인이다. 한국현대시의 신경지를 열었다는 평가를 받고 있으며, 이상을 비롯하여 조지훈·박목월 등과 같은 청록파 시인들에게 영향을 주었다. 그는 휘문고보 재학 시절 〈서광〉 창간호에 소설 〈삼인〉을 발표하였으며, 일본 유학시절에는 대표작이 된 〈향수〉를 썼다. 1930년에 시문학 동인으로 본격적인 문단 활동을 했고, 구인회를 결성하고, 문장지의 추천위원으로도 활동했다. 해방 이후 〈경향신문〉의 주간으로 일하며 대학에도 출강했는데, 이화여대에서는 라틴어와 한국어를, 서울대에서는 시경을 강의했다.

1950년 한국전쟁이 일어난 뒤에는 김기림·박영희 등과 함께 서대문형무소에 수용되었고, 이후 납북되었다가 사망했다. 사망 장소와 시기는 정확히 확인되지 않았는데, 1953년 평양에서 사망했다고 알려져 있다. 정지용은 서정적이고 감각적인 표현, 자연과 인간의 관계, 민족적 정서와 고전적 미학을 현대적 감각으로 풀어낸 시인으로, 한국 현대 시의 큰 기초를 닦았으며, 그의 문학적 특징은 오늘날까지 많은 이에게 영향을 미쳤다. 정지용의 시에서 가장 중요한 주제 중 하나는 자연과 인간을 하나로 엮는 것이다. 그는 자연과 인간의 융합을 통해 삶의 의미와 본질을 풀어냈으며, 자연의 변화를 통해 인간의 삶에 대한 성찰과 깨달음을 표현하려 했다. 특히 그의 대표작 〈향수〉에서는 자연과 인간의 감정이 유기적으로 결합되어 하나의 독특한 시적 세계를 만들어냈다.

주요 저서로는 『정지용 시집』(1935) 『백록담』(1941) 『지용문학독본』(1948) 『산문』(1949) 등이 있다. 정지용의 고향 충북 옥천에서는 매년 5월에 지용제를 개최하고 있으며, 1989년부터는 시와 시학사에서 정지용문학상을 제정하여 매년 시상하고 있다.

조명희

趙明熙. 1894~1938. 조선에서 태어난 소비에트 연방의 작가다. 충청북도 진천군에서 출생했다. 세 살 때 부친을 여의고, 서당과 진천 소학교를 다녔으며, 서울 중앙고등보통학교를 중퇴하고 북경사관학교에 입학하려다가 일경에게 붙잡혔다. 1919년 3·1 운동에 참가하여 투옥되기도 했다. 출소한 뒤에는 일본으로 유학을 떠나 도쿄 토요대학에서 철  학을 공부했다. 그 시기에 극작가였던 수산 김우진과 교류했고 아나키스트 단체인 흑도회에 가입하기도 했다.

1923년 귀국하여 한국 최초의 희곡인 「김영일의 사」와 영사극 「파사」를 발표했으며, 1924년에는 시집 『봄 잔디밭 위에』를 출판했다. 이 시기의 희곡이나 시는 종교적 신비주의·낭만주의의 색채가 짙었던 것으로 평가받고 있다. 1925년 카프를 창설하고 활발한 작품 활동을 이어갔으며, 그의 대표작인 단편집 『낙동강』을 남겼다.

조명희는 일제의 탄압으로 인해 1928년 소련으로 망명하여, 소련작가동맹 원동지부 지도부에서 근무했다. 망명 첫해에 대표적인 저항시 인 〈짓밟힌 고려(Растоптанная Корея)〉를 발표하며 작품 활동을 이어나갔다. 하바로브스크의 한 중학교에서 일하며 동포 신문인 〈선봉〉과 잡지 〈노력자의 조국〉의 편집을 맡기도 했다.

1937년 가을, 스탈린 정부의 스탈린 숙청 시절에 '인민의 적'이란 죄명으로 체포되어 1938년 4월 15일에 사형언도를 받고 5월 11일 소비에트 연방 하바로브스크에서 총살되었다.

4월의 화가와 시인 이야기

한용운

韓龍雲. 1879~1944. 일제강점기의 작
가이자 승려, 독립운동가다. 본관은
청주, 호는 만해(萬海)이며, 충청도 결
성현(지금의 충청남도 홍성군)에서 태
어났다. 불교를 통해 혁신을 주장하며
언론 및 교육 활동을 했다. 무능한 불
교 개혁과 불교의 현실 참여를 주장했
으며, 그 대안으로 '불교사회개혁론'을

주장했다. 1918년 11월에는 불교 최초의 잡지인 〈유심〉을 발행했다.
1919년 3월 1일 만세운동 당시 민족대표 33인 중 한 사람이며, 독립선
언을 하여 체포당한 뒤 서대문형무소에서 3년간 복역했다.

한용운은 작품에서 퇴폐적인 서정성을 배격하였으며 조선의 독립 또
는 자연을 부처에 빗대어 '님'으로 형상화하여 고도의 은유법을 구사했
다. 1918년 〈유심〉에 시를 발표하였고, 1926년 〈님의 침묵〉 등의 시를
발표했다. 〈님의 침묵〉에서는 기존의 시와 시조의 형식을 깬 산문시 형
태로 시를 썼다. 소설가로도 활동하여 1930년대부터는 장편소설『흑풍
(黑風)』『철혈미인(鐵血美人)』『후회』『박명(薄命)』단편소설「죽음」등을
비롯한 몇 편의 장편, 단편 소설들을 발표했다.

1931년 김법린 등과 청년승려비밀결사체인 만당(卍黨)을 조직하고 당
수로 취임했다. 만당은 청년 승려들이 주도하여 조선불교의 자립적 방
향과 민족 해방을 위한 비밀 결사체로 결성되었다. 당시 한국의 불교는

일제의 억압과 통제를 받으면서도, 불교계 일부에서는 종교적 독립뿐만 아니라 민족 독립을 위한 노력이 필요하다고 느꼈다. 그리하여 만당은 불교 승려들로서 민족 해방을 위한 독립운동과 불교의 개혁을 목표로 삼았다. 한용운은 교우관계에 있어서도 좋고 싫음이 분명하여, 친일로 변절한 시인들에 대해서는 막말을 하는가 하면 차갑게 모른 체했다고 한다.

가가노 지요니

加賀千代尼. 1703~1775. 에도 시대의 여성 하이쿠 시인이다. 원래 이름은 '지요조(千代女)'이나 불교에 귀의했기 때문에 '지요니'라고 불린다. 어린 시절부터 문학에 재능을 보였고 12세부터 하이쿠를 배우기 시작했다. 17세에는 마쓰오 바쇼의 제자인 가카미 시코가 어린 지요니의 재능을 발견하고 문단에 소개함으로써 이름이 알려졌다.

나팔꽃 하이쿠로 친숙한데, 아침에 우물 두레박에 나팔꽃 덩굴이 얽혀 있어, 이를 해치지 않기 위해 이웃에게 물을 빌렸다는 내용을 담고 있다. 이 시는 자연에 대한 섬세한 관찰과 배려를 잘 나타내고 있다. 지요니가 자주 다룬 나팔꽃은 일본에서 여름을 대표하는 꽃 중 하나로, 아침에 피고 하루가 지나면 시드는 특성 덕분에 하이쿠에서 인생의 덧없음이나 무상함을 표현하는 데 적합한 소재로 여겨졌다.

또한 불교적 사상과 일상의 소박함을 담은 시를 주로 썼다. 지요니는 52세에 출가하여 법명을 소엔(素園)으로 하였으며, 이후에도 활발한 창작 활동을 이어갔다. 1763년에는 조선 통신사에게 자신의 하이쿠를 담은 족자와 부채를 헌정하는 등 국제적인 문화 교류에도 기여했다. 1775년, "달도 보며 나는 이 세상을 아프게 느낀다(月も見て 我はこの世をかしく哉)"라는 시를 유언으로 남기며 73세에 세상을 떠났다.

지요니의 생애와 작품은 현재까지도 많은 이들의 사랑을 받고 있으며, 지요니의 고향인 하쿠산시에는 그녀의 업적을 기리는 전시관이 설립되었고, 나팔꽃을 시화(市花)로 지정하여 매년 축제를 열고 있다.

고바야시 잇사

小林一茶. 1763~1828. 에도 시대의 하이카이시(俳諧師, 일본 고유의 시 형식인 하이카이, 즉 유머러스한 내용의 시를 짓던 사람)다. 나가노현의 가난한 농가에서 태어났으며, 본명은 고바야시 야타로(こばやし やたろう)다. 15세 때 고향 시나노를 떠나 에도를 향해 유랑 길에 올랐다.

39세에 아버지를 여읜 뒤, 계모와 유산을 놓고 격렬히 분쟁하기도 했다. 40대에 접어든 잇사는 주로 바소 지역으로 하이쿠 여행을 다니며 생계를 유지했다. 그와 동시에, 그는 나쓰메 세이미(夏目 成美) 등과 함께 가쓰시카파(葛飾派)의 경계를 넘어 당시 실력 있는 하이쿠 시인들과 교류를 넓혀갔다. 이 과정에서 그는 하이쿠 문단에서 '잇사조(一茶調)'라는 독자적인 하이쿠 스타일을 확립하였고, 당시 하이쿠계에서 널리 알려지게 되었다.

하지만 하이쿠 여행을 통해 생계를 유지하던 잇사는 불안정한 생활 때문에 계모와 동생과의 유산 상속 문제를 계속해서 협상했으며, 고향에서 하이쿠 스승으로서 안정적인 삶을 살기 위해 '잇사 사중(一茶社中)'을 결성하여 활동을 이어갔다.

잇사의 하이쿠는 소박하고 따뜻한 감성을 담고 있으면서도, 삶의 고통과 덧없음을 유머러스하게 표현한 것이 특징이다. 특히 가난, 가족의 죽음, 외로움 같은 개인적인 아픔을 자연 속에서 위로받으며 시로 풀어냈다. 또한 어려서부터 역경을 겪은 탓에 속어와 방언을 섞어 생활감정을 표현한 구절을 많이 남겼다. 마쓰오 바쇼, 요사 부손과 함께 일본 하이쿠의 3대 거장으로 꼽힌다.

다카이 기토

高井几董. 1741~1789. 에도 시대 중기에 활동했던 일본의 하이쿠 시인
이다. 교토 하이쿠계의 유명한 시인인 다카이 기케이(高井几圭)의 둘째
아들로 태어나 어린 시절부터 하이쿠에 친숙했으며, 아버지의 기념 시
집『대화를 나누는 사람(はなしあいて)』에 처음 작품을 실었다. 기케이
의 사망 후, 几(기) 자를 계승하여 几董(기토)라는 호를 사용했다.

30세 때 요사 부손에 입문하여 부손과 함께 하이카이 문학에 크게 기여
했다. 1772년, 첫 번째 하이쿠 시집『눈의 그림자(其雪影)』를 출간하였
으며, 그 후 구무라 쇼타이(久村暁台)와 함께『새벽의 까마귀(あけ烏)』와
『새벽의 까마귀 속편(続明烏)』을 출간하여 하이쿠 문학의 중흥기를 이
끌었다. 입문 초기부터 두각을 나타내 부손을 보좌하여 일가를 묶어 냈
다. 1779년에는 부손과 둘이서 오사카·셋츠·하리마·세토 우치 방면으
로 음행의 여행에 나섰다. 온후한 성격으로 부손의 제자 모두와 친교를
가졌다. 부손의 사후인 1784년에는 부손 추모 시집『참나무에서 떨어
진 잎(から楢葉)』과『부손구집(蕪村句集)』을 편집했다. 1785년에는 하이
쿠 문학의 중요한 작품인『하룻밤 소나무(一夜松)』의 후속편을 편집하
려던 부손의 뜻을 이어받기 위해 에도로 내려갔으며, 1786년에는『하
룻밤 소나무 속편(続一夜松)』을 발행했다. 오시마 료타(大島蓼太)의 추
천을 받아, 일본 하이쿠 문학에서 중요한 이름인 야반정(夜半亭)을 호
로 계승받았으며, 이후 하이쿠의 발전에 큰 역할을 했다. 1788년, 교토
대화재로 피해를 입은 후 여러 제자들의 집을 전전하였으며, 1789년에
49세의 나이로 사망했다.

다이구 료칸

大愚良寬, 1758~1831. 에도 시대의 승려이자 시인, 서예가다. 에치고 국(지금의 니가타현) 이즈모자키에서 태어났다. 어린 시절부터 학문에 재능을 보였으나, 18세에 출가하여 조동종 사찰인 고쇼지(光照寺)에서 수행을 시작했다. 그 후 엔도지(円通寺)에서 12년간 엄격한 수도생활을 했으며, 스승의 유언에 따라 일본 각지를 떠도는 탁발승 생활을 했다.

다이구 료칸은 무욕의 화신, 거지 성자로 불리는 일본의 시승이다. 시승이란 문학에 밝아, 특히 시 창작에서 뛰어난 역량을 발휘한 불교 승려를 지칭하는 말이다. "다섯 줌의 식량만 있으면 그것으로 족하다."라는 말이 뜻하듯 인간이 보여줄 수 있는 무욕과 무소유의 최고 경지를 몸으로 실천하며 살았다. 료칸은 살아가는 방도로 탁발, 곧 걸식유행(乞食遊行)을 한 것으로 유명하다. 오늘날 일본 곳곳에 세워진 그의 동상 역시 대개 탁발을 하는 형상이다. 료칸은 떠돌이 생활을 하면서도 시를 써가며 내면의 행복을 유지하며 청빈을 실천했고, 그의 철학관은 시에 그대로 담겨 있다.

마쓰오 바쇼

松尾芭蕉. 1644~1694. 에도 시대 하이쿠의 완성자이며 하이쿠의 성인, 방랑미학의 창시자로 불린다. 마쓰오 바쇼는 에도 시대 전기에 해당하는 1644년 일본 남동부 교토 부근의 이가우에노에서 하급 무사 겸 농부의 아들로 태어났다. 본명은 마쓰오 무네후사(松尾宗房)이고, 어렸을 때 이름은 긴사쿠(金作)였다. 아버지가 일찍 세상을 뜨자 곤궁한 살림으로 인해 바쇼는 19세에 지역의 권세 있는 무사 집에 들어가 그 집 아들 요시타다를 시봉하며 지냈다. 두 살 연상인 요시타다는 하이쿠에 취미가 있어서 교토의 하이쿠 지도자 기타무라 기긴에게 사사하는 중이었다. 친동생처럼 요시타다의 총애를 받은 바쇼도 이것이 인연이 되어 하이쿠의 세계를 접하고 기긴의 가르침을 받게 되었다.

언어유희에 치우친 기존의 하이쿠에서 탈피해 문학적인 하이쿠를 갈망하던 이들이 바쇼에게서 진정한 하이쿠 시인의 모습을 발견했고, 산푸·기카쿠·란세쓰·보쿠세키·란란 등 수십 명의 뛰어난 젊은 시인들이 바쇼의 문하생으로 모임으로써 에도의 하이쿠 문단은 일대 전기를 맞이했다. 부유한 문하생들의 후원으로 문학적으로나 경제적으로나 안정된 생활도 보장되었다. 37세에 '옹'이라는 경칭을 들을 정도로 하이쿠 지도자로서 성공적인 삶을 누렸으나 이내 모든 지위와 명예를 내려놓고 작은 오두막에 은둔생활을 하고 방랑생활을 하다 길 위에서 생을 마감했다.

사이교

西行. 1118~1190. 헤이안 시대의 승려 시인이며 와카(和歌) 작가다. 본
명은 사토 노리키요(佐藤義淸)다.

사이교의 가문은 무사 집안으로 그 역시 천황이 거처하는 곳(황거)의
북면을 호위하는 무사였다. 와카와 고시쓰(故実)에도 능통하였던 사이
교는 스토쿠 천황의 와카 상대를 맡기도 했으나, 1140년 23세로 출가
해 엔기(円位)라 이름했다가 뒤에 사이교(西行)로도 칭했다. 돌연 출가
하여 무사의 신분을 버리고 승려가 되어 불법 수행과 더불어 일본의 전
통 시가인 와카 수련에 힘썼다. 1149년 무렵에는 일본 불교의 중심지
중 하나인 코야산(高野山, 현재 와카야마현 코야초)에 들어가 본격적으로
수행했다. 이외에도 각지를 돌아다니며 많은 와카를 남겼는데,『신고
금와카집(新古今和歌集)』에는 그의 작품 94편이 실려 있다. "꽃 아래에
서 봄에 죽기를 원하노라. 2월의 보름달이 떠오를 때(願はくは花の下に
て春死なん そのきさらぎの望月のころ)"라는 유명한 와카를 남기기도 했
다. 후지와라노 사다이에(藤原定家) 같은 유명한 시인이나 마쓰오 바쇼
같은 하이쿠 시인도 그의 작품에 감명을 받았다고 한다. 1190년, 73세
의 나이로 입적(入寂)했다.

4월의 화가와 시인 이야기

아리와라노 나리히라

在原業平. 825~880. 헤이안 시대의 귀족이자 시인이다. 아리와라노 나리히라는 825년 헤이제이 천황의 첫째 황자인 아보 친왕과 간무 천황의 딸인 이토 내친왕 사이의 다섯째 아들로 태어났다. 따라서 나리히라는 헤이제이 천황의 손자이자 간무 천황의 손자이기 때문에 천황 가문의 적통이었다. 『삼대실록(三代實錄)』에 의하면 아리와라노 나리히라는 수려한 외모와 자유분방하고 정열적인 삶을 살며, 당시 관료에게 필요한 한문학보다는 사적인 연애 감정 등을 읊는 와카(和歌)에 뛰어난 인물이었다고 한다.

『고금와카집(古今和歌集)』에 그가 읊은 와카 30수가 실려 있고, 이 작품의 가나(假名, 일본 고유의 글자)로 된 서문에는 그의 정열적 가풍에 대한 평이 실려 있다. 와카 명인으로서 6가선, 36가선 중 한 사람인 그는 설화집 『이세 모노가타리(伊勢物語)』의 주인공과 동일시되는 인물이기도 하다. 아리와라노 나리히라는 880년 3월 31일, 향년 56세에 사망했다. 그의 문학적 유산은 후세에 큰 영향을 미쳤으며, 일본 문학사에서 중요한 위치를 차지하고 있다.

열두 개의 달 시화집 플러스 四月

산에는 꽃이 피네

초판 1쇄 인쇄 2025년 3월 20일
초판 1쇄 발행 2025년 4월 1일

시인 윤동주 외 18명
화가 파울 클레
발행인 정수동
편집주간 이남경
편집 김유진
표지 디자인 Yozoh Studio Mongsangso

발행처 저녁달
출판등록 2017년 1월 17일 제406-2017-000009호
주소 경기도 파주시 문발로 142 니은빌딩 304호
전화 02-599-0625
팩스 02-6442-4625
이메일 book@mongsangso.com
인스타그램 @eveningmoon_book
ISBN 979-11-89217-47-1   04800
세트 ISBN 979-11-89217-46-4   04800